AF324488

ANCIENNES PORCELAINES

DE LA CHINE ET DU JAPON

OBJETS VARIÉS EUROPÉENS

TABLEAUX, AQUARELLES, DESSINS

Gravures

LIVRES ANCIENS ET MODERNES

PARIS — 1897

CATALOGUE

DES

ANCIENNES PORCELAINES DE LA CHINE

ET DU JAPON

Vases, Plats, Bols, Statuettes

IMPORTANTE COLLECTION DE TASSES ET D'ASSIETTES

OBJETS VARIÉS DE L'EXTRÊME ORIENT

Miniatures persanes — Céramique

PENDULES, BRONZES, OBJETS DE VITRINE

MEUBLES

DE TRAVAIL EUROPÉEN

TABLEAUX, AQUARELLES, DESSINS, GRAVURES

LIVRES

Ouvrages à figures du XVIIIe siècle

LIVRES AVEC ARMOIRIES, RELIURES ANCIENNES

OUVRAGES MODERNES

DONT LA VENTE AURA LIEU

HOTEL DROUOT, SALLE N° 7

Les Jeudi 11, Vendredi 12 et Samedi 13 Février 1897

à 2 heures

COMMISSAIRE-PRISEUR

Me PAUL CHEVALLIER

10, rue de la Grange-Batelière, 10

EXPERTS

Pour les Objets d'art :	*Pour les Tableaux :*	*Pour les Livres :*
MM. MANNHEIM, Père et Fils	**MM. FÉRAL, Père et Fils**	**M. A. DUREL**
7, rue Saint-Georges, 7	54, Fg Montmartre, 54	21, r. de l'Anc.-Comédie, 21

EXPOSITION PUBLIQUE

Le Mercredi 10 Février 1897, de 1 heure 1/2 à 5 heures 1/2

CONDITIONS DE LA VENTE

La vente sera faite au comptant.

Les acquéreurs payeront *cinq pour cent* en sus des enchères.

L'exposition mettant le public à même de se rendre compte de l'état et de la nature des objets, aucune réclamation ne sera admise une fois l'adjudication prononcée.

Paris. — Imp. de l'Art, E. Moreau et Cie, 41, rue de la Victoire.

DÉSIGNATION DES OBJETS

PORCELAINES DE CHINE

VASES, PLATS, STATUETTES, BOLS

1 — Cornet en ancienne porcelaine de Chine, famille verte, à décor de nombreux personnages. Socle en bois.

2 — Deux pièces : pot à eau et bassin ovale en ancienne porcelaine de Chine, famille verte, branches fleuries et oiseaux.

3 — Pot à eau en ancienne porcelaine de Chine : femmes auprès d'une habitation.

4 — Vase à panse ovoïde et col évasé en ancienne porcelaine blanche de la Chine, à rinceaux fleuris gaufrés sous couverte. Socle en bois ajouré.

5 — Deux petites bouteilles piriformes avec renflement au col en ancienne porcelaine de Chine : réserves contenant des ustensiles variés émaillés bleu et se détachant sur fond bleu soufflé.

6 — Pitong cylindrique en ancienne porcelaine de Chine, famille rose : vases et attributs.

7 — Statuette de Kouan-in en ancien blanc de Chine.

8 — Autre statuette de Kouan-in, même porcelaine.

9 — Bouteille en ancienne porcelaine de Chine, à décor d'animaux chimériques sur fond jaune.

10 — Pitong cylindrique, même porcelaine : fleurs et oiseaux sur fond jaune.

11 — Pitong cylindrique, même porcelaine : arbustes en relief sur fond jaune.

12 — Petit vase à panse ovoïde en ancienne porcelaine de Chine, décor bleu : personnages dans un jardin.

13 — Petit cornet en ancienne porcelaine de Chine, famille rose : femme et enfants dans un jardin.

14 — Petit vase à panse ovoïde en ancienne porcelaine de Chine, à décor doré sur fond bleu.

15 — Vase en ancien céladon gris craquelé de la Chine, avec zone réservée en biscuit brun gravé. Socle en bois.

16 — Pitong cylindrique en ancienne porcelaine de Chine, famille verte : arbustes et branches fleuries.

17 — Plat creux en ancienne porcelaine de Chine, famille verte : oiseau sur un arbuste ; à la chute, réserves contenant des paysages, des poissons et des fleurs. Marque du musée japonais de Dresde.

18 — Plat rond en ancienne porcelaine de Chine, famille verte : paysage animé de deux personnages et d'un buffle ; marli carrelé rouge de cuivre.

19 — Plat creux en ancienne porcelaine de Chine, famille verte : au fond, rochers fleuris ; à la chute, quatre compartiments contenant des rochers, des fleurs et des oiseaux; revers de la chute orné de fleurons.

20 — Plat creux en ancienne porcelaine de Chine, famille verte : cortège d'un guerrier; bordure carrelée.

21 — Plat creux en ancienne porcelaine de Chine, famille verte : corbeille de fleurs.

22 — Plat creux en ancienne porcelaine de Chine, famille verte : personnages au bord de la mer.

23 — Plat creux en ancienne porcelaine de Chine, famille verte : dragon.

24 — Petit plat en ancienne porcelaine de Chine, famille verte : papillons.

25 — Petit plat creux en ancienne porcelaine de Chine, famille verte : groupe de deux femmes dans un jardin.

26 — Petit plat en ancienne porcelaine de Chine, famille verte : haie fleurie; marli à fond rouge. Marque du musée japonais de Dresde.

27 — Deux petits plats creux à bords festonnés en ancienne porcelaine de Chine, famille verte : arbustes en fleurs.

28 — Petit plat creux à bords festonnés en ancienne porcelaine de Chine, famille verte : rochers, fleurs et insectes.

29 — Compotier à bords festonnés en ancienne porcelaine de Chine, famille verte : fleurs et oiseaux, chute décorée de réserves à fleurs et habitations sur fond caillouté. Marque du musée japonais de Dresde.

3o — Compotier, même porcelaine, fond orné d'un paysage émaillé bleu ; à la chute, fleurs polychromes. Marque du musée japonais de Dresde.

3i — Compotier en ancienne porcelaine de Chine, famille verte : rochers ; étroite bordure carrelée.

32 — Compotier en ancienne porcelaine de Chine, famille verte : décor rayonnant et à réserves.

33 — Compotier à bords festonnés en ancienne porcelaine de Chine, famille verte : décor rayonnant à personnages.

34 — Compotier à bords festonnés, même porcelaine : arbustes en fleurs ; à la chute, fleurs dessinées au trait en bleu.

35 — Plat creux à bords festonnés, même porcelaine : corbeille de fleurs ; rochers et fleurs à la chute.

36 — Petit plat à bords festonnés en ancienne porcelaine de Chine, famille verte : enfant au milieu de rinceaux. Marli à fond rouge.

37 — Deux plats creux de dimensions différentes en ancienne porcelaine de Chine, famille rose : branches fleuries au fond ; larges feuilles de lotus à la chute.

38 — Plat en ancienne porcelaine de Chine, famille rose : corbeille de fleurs ; au marli, des poissons.

39 — Plat en ancienne porcelaine de Chine, famille rose :
groupe de personnages sous un dais de feuillages ; au
marli, réserves de fleurs sur fond quadrillé.

40 — Compotier en ancienne porcelaine de Chine, famille
rose : personnage monté sur un éléphant ; chute à
fond carrelé rose.

41 — Quatre pièces : plat creux et compotiers en ancienne
porcelaine de Chine, famille rose : branches fleuries,
paysage, personnages et oiseaux sur une branche.

42 — Plat creux en ancienne porcelaine de Chine, décor
bleu : éventail, attributs variés et lambrequin.

43 — Compotier en ancienne porcelaine de Chine, réserves sur fond bleu soufflé.

44 — Compotier en ancienne porcelaine de Chine : fleurs
dans une réserve, fond bleu soufflé.

45 — Compotier en ancienne porcelaine de Chine, décor
bleu et or : fleurs et rinceaux.

46 — Compotier en ancienne porcelaine de Chine, décor
bleu, écusson armorié de style européen.

47 — Grande coupe en ancienne porcelaine de Chine,
famille verte : décor de compartiments de branches
fleuries et vases divers.

48 — Bol en ancienne porcelaine de Chine, famille
verte : compartiments et fleurs.

49 — Bol en ancienne porcelaine de Chine, famille
verte : réserves de personnages.

50 — Bol de forme carrée en ancienne porcelaine de Chine, décor bleu : personnages. Époque des Ming.

51 — Bol rond en ancienne porcelaine de Chine, décor bleu : personnages. Époque des Ming.

52 — Deux bols ronds en ancienne porcelaine de Chine, décor bleu de fleurs ; bordure de bâtons rompus en relief. Marque du musée japonais de Dresde.

53 — Bol rond à bords plats en ancienne porcelaine de Chine, décor bleu : personnages. Époque des Ming.

54 — Petit bol en ancienne porcelaine de Chine, famille verte : à l'intérieur, des rosaces ; à l'extérieur, des rinceaux. Marque du musée japonais de Dresde.

55 — Petit bol en ancienne porcelaine de Chine, famille verte : à l'intérieur, des rinceaux ; à l'extérieur, rochers et fleurs. Marque du musée japonais de Dresde.

56 — Petit bol en ancienne porcelaine de Chine, famille verte : décor d'enfants et de fleurs.

57 — Petit bol en ancienne porcelaine de Chine, famille rose : paysages.

58 — Petit bol en ancienne porcelaine de Chine, décoré d'une femme dans un paysage en camaïeu bleu rehaussé d'or.

59 — Deux bols en ancienne porcelaine de Chine, l'un émaillé jaune, l'autre à pourtour émaillé rouge d'or.

60 — Petit bol en ancienne porcelaine de Chine, décoré de fleurs, insectes et attributs en rouge de fer et or.

61 — Petite jardinière en ancienne porcelaine de Chine, décor de dragons en rouge de fer ; au pourtour, rochers et fleurs.

62 — Coupe ronde sur trois pieds, décor de rochers et fleurs, en ancienne porcelaine de Chine.

63 — Encrier hémisphérique en ancienne porcelaine de Chine, décor de pendentifs.

64 — Statuette en ancienne porcelaine de Chine, émaillée sur biscuit : personnage assis, faisant un geste de menace, un pied appuyé sur un chien de Fô.

65 — Figurine en ancienne porcelaine de Chine émaillée sur biscuit : le dieu de longévité, base hexagonale.

66 — Figurine de personnage tenant une coupe en ancienne porcelaine de Chine, famille rose.

67 — Animal chimérique en porcelaine blanche de la Chine.

68 — Chien de Fô assis en ancienne porcelaine de Chine, décor polychrome ; base en bronze de style Louis XV.

69 — Théière en forme de gros fruit, à anse et déversoir en ancienne porcelaine de Chine, décor bleu : fruits et fleurs. Monture en bronze.

70 — Pot à anse et avec un couvercle, même porcelaine, décor bleu : fleurs ; panse godronnée à spirales.

71 — Petite potiche en ancienne porcelaine de Chine, décor bleu : femmes et enfant.

72 — Deux flacons à thé avec bouchons en ancienne porcelaine de Chine, décor bleu : femmes et branches

fleuries; panse ornée de cannelures. Époque des Ming.

73 — Flacon à thé avec bouchon, même porcelaine, décor bleu : personnages.

74 — Deux pots ovoïdes cannelés, même porcelaine, décor bleu : rosaces.

75 — Deux pièces : hanap cylindrique et théière avec couvercle en ancienne porcelaine de Chine, réserves sur fond chargé de rinceaux dorés.

76 — Trois petits pots à lait variés avec couvercles en ancienne porcelaine de Chine, famille rose.

77 — Flacon à thé avec couvercle en forme de potiche, en ancienne porcelaine de Chine, famille rose : fleurs sur fond carrelé.

78 — Deux théières variées avec couvercles : papillons sur fond feuillagé, branches fleuries. Chine.

79 — Deux flacons-aspersoirs variés, décor bleu, en ancienne porcelaine de Chine : rinceaux.

80 — Trois pièces : petit vase rouleau, petite bouteille et petit vase, décor bleu, personnages, rinceaux et ustensiles. Même porcelaine.

81 — Deux boîtes variées en forme de poissons. Chine.

PORCELAINES DE CHINE

ASSIETTES a DÉCOR CHINOIS et de STYLE EUROPÉEN

82 — Deux assiettes creuses variées en ancienne porcelaine mince de Chine : scène familiale. Encadrées.

83 — Assiette creuse en ancienne porcelaine mince de Chine : coqs. Encadrée.

84 — Assiette creuse en ancienne porcelaine mince de Chine, décor bleu : scène d'intérieur. Encadrée.

85 — Assiette creuse en ancienne porcelaine mince de Chine : pêcheurs.

86 — Assiette creuse en ancienne porcelaine mince de Chine : personnage et enfant; revers du marli émaillé rouge d'or.

87 — Assiette creuse en ancienne porcelaine mince de Chine : paysage; revers du marli émaillé rouge d'or.

88 — Assiette creuse en ancienne porcelaine de Chine, famille rose : femme et guerrier.

89 — Assiette creuse en ancienne porcelaine de Chine, famille rose : haie fleurie.

90 — Deux assiettes octogones en ancienne porcelaine de Chine, famille rose : coquillage.

91 — Assiette en ancienne porcelaine de Chine, famille
rose : femmes jouant de la musique ; marli à réserves
sur fond argenté.

92 — Assiette en ancienne porcelaine de Chine, famille
rose : femme menaçant un enfant qui franchit un
mur.

93 — Assiette en ancienne porcelaine de Chine, famille
rose : coqs.

94 — Deux assiettes en ancienne porcelaine de Chine, famille rose : au fond, oiseaux sur un arbuste ; marli à
réserves pour l'une, gaufré en blanc sur blanc pour
l'autre.

95 — Deux assiettes en ancienne porcelaine de Chine,
famille rose, ornées de deux femmes auprès d'une habitation.

96 — Deux assiettes en ancienne porcelaine de Chine,
l'une à décor bleu : personnage et attributs divers ;
l'autre ornée de fleurs en blanc sur blanc.

97 — Deux assiettes en ancienne porcelaine de Chine,
famille verte : corbeille de fleurs.

98 — Deux assiettes en ancienne porcelaine de Chine,
famille verte : sur l'une, oiseau sur un arbuste fleuri ;
sur l'autre, nombreux ustensiles et attributs.

99 — Deux assiettes en ancienne porcelaine de Chine,
famille verte : vase et attributs, et branche fleurie, en
bleu au trait, avec fleurs polychromes au marli.

100 — Assiette creuse en ancienne porcelaine de Chine,

famille rose : coqs dans une réserve sur fond rouge
d'or.

101 — Deux assiettes octogones en ancienne porcelaine
de Chine, famille rose : scène familiale; marli à fond
rouge d'or.

102 — Deux assiettes en ancienne porcelaine de Chine, à
décor de style européen : armoiries et étendards.

103 — Assiette, même porcelaine, bords festonnés : armoiries et étendards.

104 — Assiette, même porcelaine, bords festonnés : armoiries; coquillages au marli.

105 — Deux assiettes, même porcelaine : armoiries; marli
à réserves sur fond carrelé.

106 — Deux assiettes, même porcelaine : double écu armorié; fruits et fleurs au marli.

107 — Assiette, même porcelaine : armoiries; au marli,
animaux dessinés en bleu au trait.

108 — Deux assiettes en ancienne porcelaine de Chine,
décor de style européen : personnages de la Comédie
italienne dans des attitudes différentes.

109 — Assiette en ancienne porcelaine de Chine, décor
de style européen : arlequin.

110 — Assiette en ancienne porcelaine de Chine, décor
de style européen : flotte hollandaise.

111 — Assiette en ancienne porcelaine de Chine, décor
de style européen à l'encre de Chine et rehauts d'or :
allégorie du mariage.

**

112 — Deux autres assiettes analogues : nymphes, bergers et attributs de l'Amour ; et repas champêtre.

113 — Deux autres analogues : pêcheur et sujet galant.

114 — Deux autres analogues : chasseur et fleurs.

115 — Assiette creuse en ancienne porcelaine de Chine, famille verte : femme et chevreuil.

116 à 118 — Quatorze assiettes, dont trois creuses, en ancienne porcelaine de Chine, décor de style européen : armoiries.

119 — Assiette, même porcelaine : monogramme timbré d'une couronne de duc.

PORCELAINES DE CHINE

ET DU JAPON

TASSES ET SOUCOUPES

120 à 140 — Importante collection de cent vingt-neuf tasses variées avec soucoupes en ancienne porcelaine de la Chine, familles verte et rose, etc., et du Japon, décor chinois et japonais de fleurs, personnages, paysages, et décor de style européen d'armoiries, groupes, etc. Cette collection sera divisée.

141-142 — Dix-neuf tasses variées, sans soucoupes, en ancienne porcelaine de Chine.

143 — Deux soucoupes variées en ancienne porcelaine de Chine.

144 — Deux tasses sans anse en ancienne porcelaine de Chine, décor bleu de médaillons à paysages, pourtour partiellement ajouré.

145 — Deux tasses sans anse, variées, en ancienne porcelaine de Chine, décor bleu : personnages; ustensiles. Époque des Ming.

146 — Tasse sans anse en ancienne porcelaine de Chine, famille rose : armoiries de style européen d'or au lion de gueules, et fleurs.

147 — Grande soucoupe ronde en ancienne porcelaine de Chine : feuilles d'eau. Époque des Ming.

148 — Deux grandes soucoupes en ancienne porcelaine de Chine, famille verte : compartiments rayonnants de fleurs et poissons.

149 — Grande soucoupe à bords lobés, en ancienne porcelaine de Chine, famille verte : animaux chimériques.

150 — Deux grandes soucoupes en ancienne porcelaine de Chine, famille rose : fleurs, rinceaux, entrelacs.

PORCELAINES DU JAPON

ET DE LA COMPAGNIE DES INDES

151 — Deux flacons quadrilatéraux en ancienne porcelaine du Japon, décor bleu, rouge et or : branches fleuries. Base en bronze de travail européen.

152 — Vase cylindrique à deux anses avec un couvercle,

en ancienne porcelaine du Japon, décor de branches
fleuries en bleu, rouge et or.

153 — Bol en ancienne porcelaine du Japon, décor bleu,
rouge et or de fleurs.

154 — Bol à bords lobés en ancienne porcelaine du
Japon, décor bleu, rouge et or : fleurs et rochers.

155 — Bol à bords ajourés, même porcelaine, décor
bleu, rouge et or : fleurs et fruits.

156 — Deux petits bols, même porcelaine, à décor polychrome : fleurs et oiseaux, bambous et rinceaux.

157 — Deux plats creux en ancienne porcelaine du
Japon, décor bleu, rouge et or : fleurs sur fond
chargé de rinceaux bleus.

158 — Plat creux, même porcelaine, décor rayonnant :
fleurs.

159 — Deux plats creux, même porcelaine : réserve au
centre, entourée de branches fleuries sur fond chargé
de fleurettes.

160 — Plat creux, même porcelaine : grenade au centre,
chute à réserves.

161 — Assiette en ancienne porcelaine du Japon, décor
bleu, rouge et or : armoiries de style européen.

162 — Assiette, même porcelaine : décor bleu, rouge,
vert et or : vase et ustensiles.

163 — Assiette, même porcelaine, décor bleu, rouge,
vert et or : arbre et lambrequin.

164 — Quatre assiettes creuses, même porcelaine, décor bleu, rouge et or : rosace au centre.

165 — Trois pièces : petit plat et assiettes, même porcelaine, décor bleu, rouge et or : vases et attributs.

166 — Deux assiettes, même porcelaine, décor bleu, rouge et or : vase de fleurs.

167 — Deux assiettes creuses en ancienne porcelaine du Japon, décor bleu, rouge et or : disques, réserves et fleurs.

168-169 — Onze assiettes variées, même porcelaine, décor bleu, rouge et or : fleurs.

170-171 — Vingt-quatre pièces, porcelaine du Japon : plats, compotiers et plateaux variés.

172 — Gobelet et soucoupe en ancienne porcelaine du Japon, décor bleu, rouge et or : fleurs et motifs rayonnants.

173 — Deux pièces : théière avec couvercle et présentoir, tasse avec soucoupe, porcelaine du Japon à fond rouge.

174 — Deux sucriers avec couvercles, l'un en ancienne porcelaine de la Compagnie des Indes, l'autre du Japon : fleurs.

175 — Assiette en ancienne porcelaine de la Compagnie des Indes, décor de style européen : scène d'intérieur.

176 — Assiette en ancienne porcelaine de la Compagnie des Indes, décor de style européen en camaïeu rose : allégorie de la puissance hollandaise.

OBJETS VARIÉS DE LA CHINE

DU JAPON ET DE L'ORIENT.

177 — Coupe en jade gris de la Chine, anses dragons.

r78 — Coupe libatoire en jade gris de la Chine, en forme de feuille d'eau à anse branchages.

179 — Grand bol en émail cloisonné de la Chine : fleurs et animaux sur fond bleu.

180 — Deux pièces : chaîne formée de petites sphères d'émail cloisonné de la Chine, et tasse avec soucoupe en émail de Canton.

181 — Brûle-parfum en bronze à patine noire en forme de chien de Fô. Chine.

182 — Bouteille en bronze à patine brune, col décoré d'animaux chimériques. Chine.

183 — Deux coupes libatoires variées en corne sculptée. Chine.

184 — Deux pièces, pierre de lard : porte-bouquet formé de deux poissons à base de bronze et statuette de Kouan-in. Chine.

185 — Petit écran en pierre schisteuse : rochers et branches fleuries ; monture en bois. Chine.

186 — Trois socles carrés en bois ajouré ; dessus de marbre. Chine.

187 — Socle oblong à galerie en bois ajouré et sculpté. Chine.

188 — Six socles chinois variés en bois.

189 — Cinq pièces : théière et boîte à thé avec couvercles en boccaro, et trois soucoupes en céramique japonaise : fleurs sur fond jaune craquelé.

190 — Statuette de mendiant en ivoire, travail japonais; socle en bronze.

191 — Deux figurines de personnages debout en bois sculpté. Japon.

192 — Boîte de forme contournée en laque d'or du Japon : paysage.

193 — Trois pièces, en laque du Japon : boîte, à décor de coquillages, et deux soucoupes à fond rouge.

194 — Quatre pièces, ivoire sculpté du Japon : petits groupes et bouton.

195 — Coffret japonais en bois laqué et burgauté.

196 — Six miniatures persanes présentant des personnages richement vêtus dans des palais ou des jardins. Encadrées.

197 — Miniature persane : deux femmes dans la campagne. Encadrée.

198 — Miniature persane : femme endormie; auprès d'elle, un guerrier armé d'un arc. Encadrée.

199 — Deux miniatures persanes : personnages dans un palais. Encadrées.

200 — Miniature persane : assemblée de personnages vêtus de riches costumes blancs. Encadrée.

201 — Dessin persan : personnage assis sur un siège richement orné. Encadré.

202 — Poignard circassien en argent niellé, avec four-
reau.

203 — Coupe ronde en cuivre, décor d'arabesques en léger
relief. Ancien travail arabe.

204 — Coupe ronde en cuivre, à décor d'arabesques et
d'inscriptions. Travail arabe.

205 — Gobelet avec présentoir à décor de palmettes,
faïence de Kutaya.

PORCELAINES ET FAIENCES

EUROPÉENNES

206 — Plat long en ancienne porcelaine tendre de Sèvres :
fleurs et hachures.

207 — Tasse et soucoupe lobée en ancienne porcelaine
tendre de Sèvres : décor de fleurs.

208 — Tasse droite et sa soucoupe en ancienne porcelaine
dure de Sèvres : fleurs.

209 — Tasse droite et sa soucoupe en porcelaine de Sèvres, époque Restauration ; palmettes sur fonds bleu
et vert.

210 — Petit vase décoré de fleurs en ancienne porcelaine
tendre de Mennecy.

211 — Pot de crème avec couvercle, décor de fleurs, en
ancienne porcelaine tendre de Mennecy.

212 — Sucrier avec couvercle en ancienne porcelaine tendre blanche de Mennecy : fleurs en relief.

213 — Sucrier en ancienne porcelaine tendre de Mennecy :
paysage animé.

214 — Deux couteaux à manches d'ancienne porcelaine
tendre de Chantilly, décor de style chinois.

215 — Jardinière cylindrique à anses dragons en ancienne
porcelaine tendre blanche française.

216 — Tasse droite et sa soucoupe en porcelaine dure du
temps de Louis XVI : fleurs.

217 — Figurine en ancienne porcelaine de Saxe : la Muse
de l'Histoire.

218 — Figurine d'amour en ancienne porcelaine blanche
de Saxe.

219 — Flacon à thé en ancienne porcelaine de Saxe, décor
de réserves de fleurs et oiseaux sur fond bleu pâle.

220 — Trois tasses à décor de fleurs. Saxe.

221 — Figurine en ancienne porcelaine blanche de
Vienne : personnage debout portant une hotte.

222 — Petite cruche en ancien grès d'Allemagne.

223 — Deux boîtes à épices avec couvercles, décor bleu
et rouille. Rouen.

***

224 — Plat, décor à la double corne. Rouen.

225 — Compotier, décor polychrome au carquois. Rouen.

226 — Compotier, décor bleu : rosace et rinceaux. Rouen.

227 — Cruche, décor vert et manganèse de style chinois. Nevers.

228 — Assiette, décor vert : personnage grotesque. Moustiers.

229 — Petit groupe en ancienne faïence blanche de Lorraine : marchande de fruits se défendant contre deux enfants voulant la voler.

230 — Figurine en ancienne faïence de Lorraine : femme assise.

231 — Pot cylindrique avec couvercle, décor de fleurs. Faïence de Lorraine.

232 — Porte-huilier en ancienne faïence française.

233 — Deux assiettes en ancienne faïence de Delft, décor en couleur et or : oiseau sur un arbre, dans le style japonais.

234 — Petit plateau de forme contournée, décor bleu : cartouche contenant un paysage. Ancienne faïence de Delft.

235 — Saucière en ancienne faïence de Delft, décor de style japonais rehaussé d'or.

236 — Plat creux, décor bleu de style chinois. Faïence allemande.

OBJETS DE VITRINE EUROPÉENS

237 — Miniature : portrait de Marie-Antoinette. Époque Louis XVI. Encadrement formé d'un bas-relief en bronze doré orné de la couronne royale et de deux amours. Donnée, selon une note placée au revers de la pièce, par la reine à une de ses femmes de chambre.

238 — Miniature : portrait d'homme de profil. Époque Louis XVI. Encadrée.

239 — Deux fixés : sujets militaires. Époque Empire.

240 — Montre Louis XVI en cuivre doré, à décor d'animaux et vases.

241 — Deux médaillons ronds en écaille dorée : le Coucher de la mariée et l'Accouchement clandestin. Encadrés.

242 — Sept médaillons ronds en écaille dorée : paysages. Encadrés.

243 — Médaillon rond : « Vue du château de Versailles, prise de l'avenue de Paris et exécutée sur le tour par Compigné, tablettier du roi ». Encadrée. xviiie siècle.

244 — Boîte ovale en argent, fond et couvercle en écaille avec incrustations d'argent à personnages. Époque Louis XV.

245 — Bonbonnière en poudre d'écaille, ornée d'une peinture sur émail : portrait d'homme souriant, du xviiie siècle.

246 — Bonbonnière décorée en vert au vernis, ornée d'une miniature : portrait d'homme. XVIIIe siècle.

247 — Bonbonnière en poudre d'écaille, ornée d'une miniature : buste de femme.

248 — Deux pièces : boîte en jaspe et miniature présentant des instruments de musique.

249 — Miniature ronde : portrait présumé de Mlle Colombe, l'aînée, de la Comédie italienne, en 1773.

250 — Petit dessin à la plume : portrait de Joseph Thénéirs, de la Comédie italienne. Époque Louis XVI.

251 — Trois pièces : petit soulier en plomb, petit lion en ivoire et lorgnette en argent et peau de serpent.

OBJETS VARIÉS EUROPÉENS

PENDULES, BRONZES

252 — Petite pendule plaquée d'écaille et garnie de bronze, signée : *Baltazar Martinot, à Paris.* XVIIe siècle.

253 — Pendule en marbre noir surmontée d'un groupe en bronze à patine brune, les Trois Grâces, d'après Germain Pilon, de chez Barbedienne.

254 — Deux petits bustes en bronze à patine brune : Henri IV et Marie de Médicis. XVIIe siècle. Socles en marbre rouge.

255 — Deux petits bustes en bronze à patine brune : Voltaire et Rousseau ; bases en marbre. Fin du xviiie siècle.

256 — Deux bustes plus petits en bronze à patine brune : Voltaire et Rousseau. Bases en marbre blanc.

257 — Petit buste de satyre en bronze ; base en marbre jaune.

258 — Deux médaillons en bas-relief en bronze à patine brune : Henri IV et Minerve. Fin du xviiie siècle.

259 — Statuette en bronze doré : l'Amour astronome. Base en marbre portor.

260 — Figurine en bronze doré : femme debout, tenant une aiguière. xviie siècle. Socle cul-de-lampe en bois doré.

261 — Deux médaillons ronds en bronze : bustes de profil en bas-relief de Voltaire et de Rousseau sur fond noir.

262 — Deux bras-appliques à deux lumières en bronze doré, à décor de motifs rocaille et têtes humaines, branches contournées.

263 — Deux flambeaux en bronze doré en forme d'urne enguirlandée sur pied cannelé.

264 — Deux flambeaux en bronze à patine brune, à tige ornée d'un serpent, par *Barye*.

265 — Petit plat en étain : la Création de la femme ; au marli, les Saisons. Allemagne. xviie siècle.

266 — Petit plat en étain : la Résurrection ; au marli, les Apôtres. Allemagne. xviie siècle.

267 — Petit plat en étain : empereurs d'Allemagne. Allemagne. xviiᵉ siècle.

268 — Médaillon bas-relief en terre cuite, par Nini : portrait de Marie-Thérèse.

269 — Médaillon bas-relief en terre cuite : femme vêtue à l'antique et assise. Époque Louis XVI.

270 — Deux pièces : tasse et soucoupe en verre bleu, à décor de fleurs en couleurs, xviiᵉ siècle, et petit buste de femme en bois sculpté.

271 — Flacon à liqueurs en verre orné de personnages en couleurs. Époque Louis XV.

272 — Coffret en bois garni de cuivre.

273 — Miroir peint sous verre : paysage animé de style chinois. Encadré.

274 — Petit miroir biseauté ; cadre de cuivre repoussé et ajouré, à décor de fleurs. xviiᵉ siècle.

275 — Miroir biseauté dans un large cadre en bois noir à moulures.

MEUBLES

276 — Petit bureau à cylindre Louis XVI en acajou garni de bronzes.

277 — Guéridon en acajou garni de cuivres ; dessus de marbre blanc. Fin du xviiiᵉ siècle.

278 — Petite bibliothèque, bois de rose et palissandre.

279 — Étagère-vitrine en bois de rose et palissandre.

280 — Vitrine murale en bois noir garnie de bronzes.

281 — Deux vitrines murales en palissandre.

TABLEAUX

282 — DESHAYES. Une rue du vieux Rouen.

283 — LUMINAIS. Les enfants de chœur.

284 — MICHELIN. Chaumière au bord d'un cours d'eau.

285 — ROUSSEAU (PH). Fleurs dans un verre. Étude.

286 — VALLAYER-COSTER (Attribué à Mme). Corbeille de pêches.

287 — VOILLEMOT. La Confidence.

288 — ÉCOLE FRANÇAISE. Singe et raisins. Étude.

AQUARELLES, DESSINS, GRAVURES

289 — ANASTASI. Les ruines de Pompéi. Aquarelle.

290 — BALLUE (H.). Le baiser. Aquarelle gouachée.

291 — BELLE. Moine en prières. Sanguine rehaussée de blanc.

292 — BIDA. Turc fumant sa pipe. Crayon noir rehaussé de blanc.

293 — CARMONTELLE. Dames, gentilshommes et laquais. Quatre aquarelles.

294 — CICÉRI. Forêt de Fontainebleau. Crayon noir rehaussé de blanc.

295 — COCHIN. Études d'anges et de mains. Deux dessins à la sanguine rehaussés de blanc.

296 — DUPRÉ (VICTOR). Paysage. Aquarelle.

297 — GAVARNI. « *La bure ce matin, ce soir le taffetas* ». Aquarelle gouachée ; signée.

298 — GAVARNI. Jeune femme debout, appuyée contre un mur. Aquarelle gouachée ; signée.

299 — GAVARNI. Paysan aux champs. Dessin à la plume rehaussé de blanc ; signé.

300 — HAMMAN. Baigneuses. Aquarelle.

301 — HERST. Le moulin. Aquarelle.

302 — LANTARA. Paysage, effet de clair de lune. Crayon noir rehaussé de blanc.

303 — LE POITTEVIN (Attribué à). Paysage et marines. Trois aquarelles dans un même cadre.

304 — MARILHAT. La halte des chameliers. Mine de plomb.

305 — NICOLLE. Vue de Florence. Aquarelle.

306 — PORTAIL. Jeune fille faisant du tricot. Sanguine et pierre d'Italie.

307 — TESSON. Marché arabe. Aquarelle.

308 — VAN GOYEN. Bords de rivière. Dessin à l'encre de Chine.

309 — VERNET (CARLE). Paysanne. Aquarelle.

310 — ÉCOLE FRANÇAISE. Tête d'enfant. Dessin rehaussé.

311 — ÉCOLE ITALIENNE. La Charité. Dessin gouaché.

312 — Environ trente gravures anciennes et modernes, parmi lesquelles : *L'Accordée de village*, par Flipart, d'après Greuze ; Portrait de *Latour*, par Schmidt ; Portrait de Mme *Vigée-Lebrun* (avant la lettre) ; *Le couronnement de Voltaire*, d'après J. M. Moreau ; *La Soirée des Tuileries*, par Simonet, d'après Baudouin ; *Phrosine et Mélidore*, par Prudhon ; *Les Adieux*, par Deleunay, d'après Moreau le jeune ; *Les petits Parrains*, d'après Moreau le jeune ; *Le Lever*, d'après Moreau le jeune ; *La Vertu sous la garde de la Fidélité*, par Le Beau, d'après Eisen ; *Le premier Baiser de l'Amour*, d'après Prudhon ; *La Comtesse du Barri*, par Lingée, d'après Freudeberg et Moreau ; *La Source*, d'après Ingres ; *La Visite inattendue*, par Voyez aîné, d'après Freudeberg ; *Adam et Ève*, par M. A. Raimondi ; *Jésus chez Simon le Pharisien* et *Jésus et la Samaritaine*, par Hans Sebald Beham ; *Le Campement*, d'après Wouvermans ; *Le Chemin de la fortune*, par Voyez, d'après Baudouin; *Le Coucher de la Mariée*, par Moreau, d'après Baudouin; *L'Oiseau privé*, par Flipart, d'après Boucher; *Le Devin du village* ; *Les Vendanges*, d'après Prudhon; *Daphnis et Chloé*, d'après Prudhon ; *Marie-Antoinette, Voltaire*, par Ficquet; *La Malédiction paternelle* et *Le Fils puni*, d'après Greuze ; *Molière*, par Ficquet, d'après Coypel ; *Rubens*, par Woollett, d'après Van Dyck ; trois eaux fortes, Paysages, par Michelin ; deux eaux fortes par Ch. Jacque, etc.

313 — Environ vingt gravures en couleurs, parmi lesquelles : *La Troupe ambulante*, d'après Huet; *La*

Déclaration, d'après Schall ; *L'Éventail brisé*, d'après Schall ; *Pastorale*, d'après Huet ; *Le Prix de l'agriculture*, *Charlotte Corday* ; *Michel Lepelletier*, par Angélique Briceaü ; *Marie-Louise d'Autriche*, par Morret, d'après Vexberg ; *La Foire de village* et *la Noce de village*, par Descourtis, d'après Taunay ; *Costume de Madame de Vestris*, *Madame Dugazon*, *Monsieur Dugazon*, par Janinet ; *The amiable Family*, d'après Hambert, etc.

LIVRES

314 — AFFAIRES EXTRAORDINAIRES depuis le 20 septembre 1703, in-fol. mar. rouge, dos orné, large dent. à petits fers sur les pl., tr. dor. (*Rel. anc.*).

Manuscrit de 188 feuillets.
Exemplaire aux armes de Nicolos Desmarets, marquis de Maillebois, ministre et secrétaire d'État, grand trésorier des ordres du roi.

315 — ALMANACH DES CENTENAIRES, ou durée de la vie humaine au delà de cent ans, démontrée par des exemples sans nombre, tant anciens que modernes. *Paris, Lottin,* 1767, in-18, mar. rouge, dos orné, larg. dent. sur les pl., tr. dor. (*Rel. anc.*).

Exemplaire aux armes de Louis Thiroux de Crosne, lieutenant général de police de Paris.

316 — ALMANACH ROYAL, année 1763. *Paris, Le Breton,* 1763, in-8, mar. rouge, dos orné, encadrem. de fil. et large dent. sur les pl., gardes de pap. doré, tr. dor. (*Rel. anc.*).

Exemplaire aux armes de Louis-Auguste de Bourbon, prince des Dombes.

317 — ALMANACH ROYAL, année bissextile 1764. *Paris, Le Breton,* 1764, in-8, mar. rouge, dos orné, large dent. sur les pl., gardes de pap. doré, tr. dor. (*Rel. anc.*).

Exemplaire aux armes de René-Charles de Maupéou, chancelier de France.

318 — ALMANACH ROYAL, année 1781. *Paris,
Houry*, 1781, in-8, mar. rouge, dos et angles fleur-
delysés, fil., dent., int., gardes en soie bleue, tr. dor.

> Exemplaire aux armes de Mme Adelaïde, fille de Louis XV.

319 — ALMANACH ROYAL, année 1783, présenté à
Sa Majesté par Laurent d'Houry. *Paris, d'Houry*,
1783, in-8, mar. vert, dos fleurdelysé, large dent.
sur les pl., tr. dor.

> Exemplaire aux armes de Joly de Fleury, avocat général au
> Parlement de Paris.

320 — ANNUAIRE DES MODES DE PARIS, orné
de douze gravures (première année). *Paris, Delaunay*,
1814, in-18, fig. color., mar. r. à long grain, dos
orné, dent., non rog.

321 — AUGUSTINI. D. Aurelii Augustini. Hipponen-
sis épiscopi. De civitate Dei libri XXII... *Coloniae
Allobrog. excudebat Jacobus Stoer*, 1590, 2 part. en
1 vol. in-8, mar. rouge, compart. de fil. et ornem. à
petits fers et au pointillé, tr. dor. (*Rel. anc.*).

> Exemplaire aux armes de Jean-Louis, duc d'Espernon, créé
> pair de France en 1582, mort le 13 janvier 1642, âgé de
> quatre-vingt-huit ans.
> Piqûres de vers; les gardes sont modernes.

322 — BARENGER (le R. P. André Thomas). Le
Guide fidèle de la vraie gloire présenté à Monseigneur
le duc de Bourgogne. Instruisant ce jeune prince des
choses qu'il doit croire, demander, pratiquer, fréquen-
ter et éviter pour être roy pendant tous les siècles...,

avec des dessins en taille-douce et expliquées d'une manière tout ensemble théorique, familière et méthodique. *Paris, P. Landry*, 1688, in-8, texte gravé et fig. v. ant.

Exemplaire aux armes de Leclerc de Lesseville.

323 — BEAUMARCHAIS. La Folle Journée, ou le Mariage de Figaro, comédie en cinq actes, en prose. Représentée pour la première fois par les comédiens français ordinaires du roi, le mardi 27 avril 1784. *Au Palais-Royal, chez Ruault, libraire, près le théâtre,* n° 216. — 1785, in-8, fig., mar. vert, dos orné, fil., doublé de mar. grenat, encadrem. de fil, large dent., mors de mar. vert, doubles gardes, tr. dor., étui (*R. Petit*).

Cinq figures par Saint-Quentin, gravées par C.-N. Malapeau, la cinquième par Roi.

Édition originale, contenant la suite des figures dite *de Malapeau.*

324 — BERNIER (J.). Histoire de Blois, contenant les antiquitez et singularitez du comté de Blois, etc. *Paris, Muguet*, 1682, in-4, carte, v. gr. ant.

325 — BEROALDE DE VERVILLE. Le Moyen de parvenir, contenant la raison de tout ce qui a été, est et sera. Dernière édition, exactement corrigée, et augmentée d'une table des matières. *Nulle part,* 1000 700 38 (1738), 2 vol. pet. in-12, mar. rouge, dos orné, 3 fil., tr. dor. (*Rel. anc.*).

Bel exemplaire avec témoins.

326 — BILLARDON DE SAUVIGNY. L'Innocence du

premier âge en France, ou Histoire amoureuse de
Pierre Le Long et de Blanche Bazu, suivie de la
Rose ou la Fête de Salency. Nouvelle édition, consi-
dérablement augmentée. *Paris, Ruault*, 1778, in-8,
fig., mar. La Vall. foncé, dos orné, encadrem. de fil.
et dent. sur les pl., 3 fil. int., tr. dor. (*R. Petit*).

Un titre gravé avec fleuron représentant les deux bustes
accolés de Pierre et de Blanche, trois vignettes non signées
et deux figures dont une de Greuze, gravée par Moreau
le jeune.

327 — BITAUBE (P.-J.). Joseph. *Paris, Dentu, an XII*,
1804, in-8, mar. rouge à long grain, dos orné à petits
fers et au pointillé, encadrem. de fil. et dent. sur les
pl., gardes en moire verte, tr. dor.

Exemplaire aux armes de Mme la duchesse de Berry.

328 — BOLSEC (H.-H.). La Vie, mort et doctrine de
Jean Calvin, autrefois ministre de Genève. Escrite
par M. Hierosme Hermes Bolsec, et imprimée à Lyon
l'an 1577. Ensemble, la Vie de Jean Labadie, ministre
à Genève. *Lyon, Ant. Offray*, 1664, pet. in-8, portr.
de Jean Calvin, mar. vert, dos orné, encadrem. de fil.
et dent. sur les pl., tr. dor. (*Rel. anc.*).

329 — BOUGUER. Traité complet de la navigation...
Nouvellement revu, corrigé et augmenté par l'auteur.
Paris et Nantes, De Heuqueville, 1706, in-4, front.
gr. et pl., mar. rouge, dos orné, 3 fil., tr. dor.
(*Rel. anc.*).

Exemplaire aux armes de Pontchartrain, duc de Maurepas.

330 — BRÉMOND (De). Transactions philosophiques de

la Société royale de Londres, année 1735, traduites
par M. de Brémond. *Paris, Piget,* 1738, in-4, front.
gr., pl. mar. vert, dos orné, 3 fil., coins dor, dent.
int., tr. dor. (*Rel. anc.*).

Exemplaire aux armes du marquis de La Tour du Pin.

331 — COHEN (H.). Guide de l'amateur de livres à vignettes (et à figures) du xviiie siècle. 4e édit., revue, corrigée et enrichie de près du double d'articles, etc. *Paris,
P. Rouquette,* 1880, gr. in-8 à 2 col., pap. vél., demi-
rel., dos et coins de mar. La Vall. foncé, dos orné,
fil., tête dor., mar. rog., couv. (*R. Petit*).

332 — COLIN (Abbé). Traduction du traité de l'Ora-
teur de Ciceron, avec des notes. *Paris, De Bure,*
1737, in-12, mar. rouge, dos orné, 3 fil., fleurs de lys
aux angles, gardes pap. doré, tr. dor. (*Rel. anc.*).

Exemplaire aux armes de la reine Marie Leczinska.

333 — COLLÉ. La Partie de chasse de Henri IV, comédie en trois actes et en prose, avec quatre estampes en
taille-douce, d'après les dessins de M. Gravelot.
Paris, Veuve Duchesne, 1766, in-8º, maroq. olive, dos
et coins ornés de fleurs de lys, 3 fil., doublé et gardes
de tabis, tr. dor. *(Rel. anc.).*

Les 4 figures, très jolies, sont gravées par Duclos, Rousseau
et Simonet.
Titre doublé.

334 — COLLECTION CAZIN, 76 vol. in-18, fig., v. f.
et v. porph., dos orné, fil., tr. dor. *(Rel. anc.).*

Le Fond du Sac, 2 vol., fig. — Œuvres de Gessner, 3 vol.,
fig. — La Vie de Marianne, par de Marivaux, 4 vol. fig. — Mé-

moires du Comte de Grammont, 2 vol., portr.— De la Sagesse, par Pierre Charron, 3 vol., portr.— Œuvres de Rabelais, 4 vol., portr. — Voyage de Chapelle et Bachaumont, 1 vol. front. gr. — Maximes de La Rochefoucauld, 1 vol. — Le Rime di Francesco Petrarca, 2 vol., portr. — Les Œuvres galantes et amoureuses d'Ovide, 2 vol., portr. — Les Aventures de Télémaque, par Fénelon, 2 vol., portr.— Œuvres de Chaulieu, 2 vol., portr. — Œuvres complètes de M. le C. de B*** (Cardinal de Bernis), 2 vol., portr. — Mémoires du Chevalier de Ravanne, 4 vol., front. gr. — Romans et Contes de Voltaire, 4 vol. — Œuvres de J.-J. Rousseau, 38 vol., fig.

335 — DANTE. L'Enfer, avec les dessins de G. Doré, traduction française de Pierre-Angelo Fiorentino, accompagnée du texte italien. *Paris, Hachette et C*ie, 1861, in-fol., demi-rel. dos et coins de mar. r., non rog. *(Racc. au faux-titre)*.

336 — DEMMIN (A.). Guide de l'amateur de Faïences et Porcelaines, Terres cuites, Poteries de toute espèce, etc., etc. 4e édit., accompagnée de 300 reproductions de poteries, de 3.000 marques et monogrammes dans le texte, etc., avec le portrait de l'auteur. *Paris, Renouard*, 1873, 3 vol. in-12, demi-rel. dos et coins de mar. La Vall., dos orné, tête dor., non rog. *(R. Petit)*.

337 — DIONIS DU SÉJOUR (Mlle). L'Origine des Grâces. *Paris*, 1777, in-8, fig., v. marb., dos orné, fil. *(Rel. anc.)*.

6 charmantes figures par Cochin, gravées par J. Aliamet, N. de Launay, L.-J. Masquelier, D. Née, Aug. de Saint-Aubin et J.-B. Simonet.

338 — DORAT. Fables nouvelles. *A La Haye et à Paris, chez Delalain*, 1775, 2 tomes en 1 vol. in-8, fig.,

mar. citron, dos et coins ornés de mosaïque de mar.
bleu, compart. de fil. et dent. dor. sur les pl., doublé
de mar. bleu avec fil. et large dent., mors de mar. citron, doubles gardes, tr. dor., étui (*R. Petit*).

2 frontispices portant : *Fables*, par M. Dorat, par Marillier,
gravés par de Ghendt, 1 figure de Marillier gravée par Delaunay, 1 fleuron, 99 vignettes et 99 culs-de-lampe de Marillier,
gravés par Arrivet, Baquoy, Delaunay, Duflos, de Ghendt,
Simonet, etc., etc.

339 — ÉLOGE HISTORIQUE du général d'Hautpoul,
inspecteur général de cavalerie (Rédigé par Nicolas
Bergasse, d'après les notes qui lui ont été fournies par
M. Boileau, notaire, ami du général). *Paris*, 1807,
in-8, mar. rouge à long grain fil., doublé et gardes de
moire bleue, tr. dor.

Exemplaire aux armes de l'Empereur Napoléon Ier.

340 — ENCYCLOPÉDIE MILITAIRE, par une So-
ciété d'anciens officiers et de gens de lettres (A.-M.-F.
de Verdy du Vernois et autres). (Aoust 1771.) *Paris*,
Lacombe, 1771, in-12, mar. rouge, dos orné, 3 fil.,
tr. dor. (*Rel. anc.*).

Exemplaire aux armes de Charles-Philippe, comte d'Artois,
plus tard Charles X.

341 — ÉTRENNES GÉOGRAPHIQUES, 1760. *Paris*,
Ballard, imprimeur du roi, 1760, in-18, front. gr. et
26 cartes color., mar. rouge, dos orné, large dent.
sur les pl., tr. dor. (*Rel. anc.*).

Exemplaire aux armes de Louise-Honorine Crozat du Chatel,
duchesse de Choiseul.

342 — FIELDING. Tom Jones, ou l'Enfant trouvé,

imitation de l'anglais par M. de la Place, quatrième
édition, revue, corrigée et augmentée de la vie de
l'auteur anglais. *Londres et Paris, chez Bauche*, 1767,
4 vol. in-12, fig., mar. rouge, dos orné, 3 fil., tr. dor.

> 1 frontispice et 15 figures par Gravelot, gravées par Aveline,
> Chedel, Fessard et Pasquier.
> Exemplaire aux armes de Louis Phélypeau, comte de Saint-
> Florentin, duc de la Vrillière, ministre d'État. Remboîtage.

343 — FLEURY (Abbé). Les Mœurs des Israélites, nouvelle édition. *Paris, Herissant*, 1754, in-12, mar.
rouge, dos orné, large dent. sur les pl., tr. dor. (*Rel.
anc.*).

> Exemplaire aux armes de Thiard de Bissy.

344 — GAROPOLI (D. Girolamo). Il Carlo Magno O
vero la Chiesa vendicata, alla sacra maeta Christia-
nissima di Luigi XIV, Re di Francia e di Navarra,
poema heroico del Signor D. Girolamo Garopoli,
congli argomenti del Signor Gio Simone Ruggieri.
In Roma appresso Francesco Moneta, 1655, pet. in-8,
front. gr., mar. rouge, dos orné, dent. à petits fers sur
les pl., coins ornés à l'éventail, tr. dor. (*Rel. anc.*).

> Exemplaire de dédicace aux armes de Louis XIV; sur le
> frontispice le portrait de Louis XIV enfant.

345 — GIBERT. La Rhétorique, ou les règles de l'élo-
quence. *Paris, Thiboust*, 1730, in-12, mar. bleu
foncé, dos orné à petits fers, 3 fil., tr. dor. (*Rel.
anc.*).

> Exemplaire aux armes de Crozat, marquis de Thugny, pré-
> sident au Parlement.
> Titre raccommodé.

346 — GOYON DE LA PLOMBANIE (Henri de).
L'Homme en société, ou Traité contenant des vues
politiques et économiques pour perfectionner l'agriculture et les arts mécaniques qui seuls sont capables
de rendre les peuples heureux, in-4, mar. rouge, dos
orné de dauphins, 3 fil., tr. dor. (*Rel. anc.*).

> Manuscrit du milieu du xviiie siècle.
> Exemplaire aux armes du Dauphin, fils de Louis XV.

347 — GRAVELOT ET COCHIN. Iconologie par figures ou traité complet des allégories, emblèmes, etc.
Ouvrage utile aux artistes, aux amateurs, et pouvant
servir à l'éducation des jeunes personnes, par
MM. Gravelot et Cochin. *Paris, Lattré, s. d.,* 4 vol.
in-8, fig., veau porph., dos orné, dent., tr. dor. (*Rel.
anc.*).

> Portraits de Gravelot et Cochin, gravés par Gaucher, 4 titres
> gravés par Choffard, De Ghendt et Legrand, et 204 planches.

348 — GRESSET. Œuvres choisies. Édition ornée de
figures en taille douce dessinées par Moreau le jeune.
Paris, Saugrain, imprimerie de Didot jeune, an II
(1794), in-18, v. racine, dos orné, dent., tr. dor. (*Rel.
anc.*).

> 5 jolies figures dont 4 pour *Vert-Vert* et 1 pour le *Lutrin
> vivant.*

349 — GUIGARD (J). Armorial du bibliophile, avec
illustrations dans le texte. *Paris, Bachelin-Deflorenne,*
1870-1873, 2 tom. en 1 vol. gr. in-8 à 2 col., demi-
rel. dos et coins de mar. La Vall., tête dor., non rog.
(*R. Petit*).

350 — HORACE. Quinti Horatii Flacci. Opera. *Londini Typis J. Brindley*, 1744, pet. in-12, mar. rouge, dos orné, 3 fil., tr. dor. (*Rel. anc.*).

Exemplaire aux armes de Madame d'Épinay.

351 — JACQUEMART (A.). Histoire de la céramique, étude descriptive et raisonnée des poteries de tous les temps et de tous les peuples. *Paris, Hachette et C*ie, 1873, gr. in-8, fig., demi-rel. dos et coins de mar. La Vall, dos orné, tête dor., non rog. (*R. Petit*).

Ouvrage contenant 200 figures sur bois, 12 planches gravées à l'eau-forte, par J. Jacquemart, et 1000 marques et monogrammes.
Taches de rousseur.

352 — JACQUEMART (A.) et E. LE BLANT. Histoire artistique, industrielle et commerciale de la porcelaine, accompagnée de recherches sur les sujets et emblèmes qui la décorent, etc., enrichie de 26 planches gravées à l'eau-forte par J. Jacquemart. *Paris, Techener*, 1862, in-4, pap. vergé teinté, demi-rel. dos et coins de mar. La Vall, tête dor., non rog. (*R. Petit*).

353 — KALENDARIO manual y guia de forasteros en Madrid para el año de 1783. *En la Imprenta Real*, 1783. — Estado militar de España, año de 1783. *En la Imprenta Real*, 1783. Ens. 2 ouvrages en 1 vol. in-18, titre gr., portr. de Carlos III, mar. blanc, avec ornem. en couleurs, mosaïque sur le dos et les pl., fleurs peintes, gardes de soie bleue, tr. dor. (*Rel. anc.*).

354 — LABÉ. Œuvres de Louise Charly, Lyonnaise, dite Labé, surnommée la Belle Cordière. *Lyon, che*

les frères Duplain, 1762, in-12, front. gr. et vignettes de Nonnotte, mar. rouge, fil. à fr., dent. int., tr. dor. (*Arnaud*).

355 — LA FOLIE (De). Le Philosophe sans prétention, ou l'Homme rare, dédié aux savants, par M. D. L. F. (De La Folie). *Paris, Clousier*, 1775, in-8, mar. rouge, dos orné, 3 fil., tr. dor. (*Rel. anc.*).

> Fleuron sur le titre, figure et vignette en tête signés L. S. et gravés par Boisset.
> Exemplaire aux armes de Hue de Miroménil, chancelier de France.

356 — LA FONTAINE. Les Amours de Psyché et de Cupidon, suivies d'Adonis, poème. *Paris, Leclère*, 1863, 2 vol. in-16, portr. et fig. de Moreau, demi-rel. dos et coins de mar. r., dos orné, fil., tête dor., non rog.

357 — LA FONTAINE. Contes et nouvelles en vers, par M. de La Fontaine. *Amsterdam*, 1764, 2 vol. pet. in-8, fig., mar. rouge, dos orné, fil., doublé et gardes de soie bleue, dent., mors de mar. rouge, tr. dor. (*R. Petit*).

> Portrait de La Fontaine, 2 fleurons sur les titres, l'un est signé C. Boilly, 2 grandes vignettes tirées à part et 2 vignettes en tête de chaque volume, 60 culs-de-lampe non signés dont plusieurs copiés sur ceux de Cheffard, et 80 figures d'après celles d'Eisen, dont plusieurs portent la signature de Boily, dans la gravure même.

358 — LA FONTAINE. Contes. *Paris, Roux-Dufort et Froment*, 1825, 2 vol. in-32, demi-rel. bas. rac.

> De la collection des classiques en miniature.

359 — LE COMTE (Florent). Cabinet des singularitez d'architecture, peinture, sculpture et graveure, ou Introduction à la connaissance des plus beaux-arts, figurés sous les tableaux, les statues et les estampes. *Paris, Nic. Le Clerc*, 1699-1700, 3 vol. in-12, frontispices, gravés.

Les Tomes 1 et 2 sont rel. en v. f. ant., tr. dor., aux armes de Maurepas. — Le tome 3, rel. en mar. rouge ant., tr. dor., aux armes de Mansart.

360 — LE MIERRE. Les fastes, ou les usages de l'année, poème en seize chants. *Paris, Gueffier*, 1779, in-8, mar. rouge, dos orné, 3 fil. avec coins dor., dent. int., tr. dor. (*Rel. anc.*).

Exemplaire provenant de la Bibliothèque de Grimod de La Reynière, avec son *ex-libris*.

361 — LIVRES A FIGURES DU XVIIIᵉ SIÈCLE, 4 vol. rel.

Il Congresso di Citera. Calamo Ludimus. *Parigi, Prault*, 1756, pet. in-12, titre gr. et vignettes, mar. r., tr. dor. (*Rel. anc.*). — Les Six nouvelles de M. Florian. *Paris, Didot l'aîné*, 1784, in-18, figures de Quéverdo, mar. r., tr. dor.(*Rel. anc.*). — Joseph, par Bitaubé. *Paris, Didot l'aîné*, 1797, 2 vol. in-18, figures de Marillier, v., rac. tr. dor. (*Rel. de l'époque*).

362 — LIVRES A FIGURES DU XVIIIᵉ SIÈCLE, 5 vol. rel.

Lettre d'Alcibiade à Glicère... (par le Mⁱˢ de Pezay). *Genève et Paris*, 1764, in-8, fig. vign. et culs-de-lampe par Eisen, mar. gren., dos orné, fil., tr. dor. (*R. Petit*). — Lettre de Biblis à Caunus, son frère, par Blin de Sainmore. *Paris*, 1765, in-8, fig. par Gravelot, vign. et cul-de-lampe par Eisen, cart. Bradel, tr. dor.— Les Tourterelles de Zelmis, poème en trois chants (par Dorat). *Paris*, 1766, in-8, titre-frontispice, fig., vign. et

cul-de-lampe par Eisen. — Zélis au bain, poème en quatre
chants (par le Mis de Pezay). *Genève,* pet. in-8, titre par Eisen,
avec la date de 1763, fig., vign. et culs-de-lampe par Eisen.—
Ens. 2 ouvrages en 1 vol., v. f., dos orné, fil., tr. dor. (*Rel.
moderne*). — Lettres d'une chanoinesse de Lisbonne à Melcour,
etc... *La Haye et Paris,* 1771, in-8, fig., vign. et culs-de-lampe
par Eisen et Marillier, v. f., dos ornés, fil., tr. dor. (*R. Petit*).
— Annales de la bienfaisance, ou Annales du règne de Marie-
Thérèse, impératrice douairière, reine de Hongrie, etc., etc.,
par Fromageot. *Paris,* 1777, in 8, portr. **gr.** par Cathelin, et
fig. par Moreau, v. f., dos orné, encadrem. de fil., tr. dor. (*R.
Petit*).

363 — LIVRES A FIGURES DU XVIIIe SIÈCLE, 7 vol. in-8, rel.

Blin de Sainmore : Lettre de Biblis à Caunus, son frère,
précédée d'une lettre à l'auteur. *Paris, Séb. Jorry,* 1765. —
Lettre de Gabrielle d'Estrées à Henri IV... *Paris, Séb. Jorry,*
1766. — Lettre de Sapho à Phaon, précédée d'une épître à
Rosine... *Paris, Séb. Jorry,* 1766. — Lettre de Jean Calas
à sa femme et à ses enfants... *Paris, Séb. Jorry,* 1767. —
Ens. 4 ouvrages en 1 vol. in-8, fig., vign. et culs-de-lampe
par Eisen et Gravelot, bas, rac. ant. — Saint-Lambert : Les
Saisons, poème, troisième édition, corrigée et augmentée.
Amsterdam, 1771, in-8, figures par Le Prince et Gravelot, vignettes en-têtes à l'eau-forte, par Choffard, v. f. ant. — Saint-
Lambert : Les Saisons, poème. Cinquième édition, revue et
corrigée. *Amsterdam,* 1773, in-8, figures par Le Prince et Gravelot, vignettes en-têtes à l'eau-forte par Choffard, v. porph.
ant. — Œuvres de Regnard, nouvelle édition, revue, exactement
corrigée et conforme à la représentation. *Paris, Maradan,* 1790,
4 vol. gr. in-8, pap. de Holl., portr. de Regnard et figures par
Borel, v. rac., dos orné, dent. (*Rel. anc.*).

364 — LIVRES A FIGURES DU XVIIIe SIÈCLE, 8 vol. in-8, rel.

Dubocage (Mme). Le Paradis terrestre, poème imité de Milton.
Londres (Paris), 1755. — La Colombiade, ou la Foi portée au
Nouveau-Monde, poème par Mme Dubocage. *Paris, Desaint et*

Saillant, 1756. — Ens. 2 ouvrages en 1 vol. in-8, fleurons, vignettes, porïr., figures par Chedel, et culs-de-lampe, v. ant.— Rousseau (J.-J.). La Nouvelle Héloïse, ou Lettres de deux Amants habitants d'une petite ville au pied des Alpes... *Neuchâtel et Paris, chez Duchesne,* 1764, 4 vol. in-8, front. de Cochin, et figures de Gravelot, v. marb. ant. — Publii Virgilii Maronis Bucolica, Georgica et Aeneis. *Birminghamiae, typis Johannis Baskerville,* 1766, in-S, frontispice gravé, mar. r., dos orné, 3 fil., tr. dor. (*Rel. anc.*). — Dorat : Mes Fantaisies. Troisième édition... La Haye et *Paris, chez Delalain,* 1770, in-8, front., fleuron, vign. et cul-de-lampe par Eisen, v. porph., dos orné, 3 fil., tr. dor. (*Rel. anc.*). — Dauphin : La Dernière Héloïse, ou lettres de Junie Salisbury, recueillies et pub. par M. Dauphin, citoyen de Verdun. *Paris,* 1784, in-8, fleurons et figures, par Quéverdo, v. ant.

365 — LIVRES A FIGURES DU XVIIIᵉ SIÈCLE, 9 vol. rel.

Montesquieu : Le Temple de Gnide, revu, corrigé et augmenté. *Londres (Paris, Huart,* 1742), pet. in-8, titre gr., front. et vignettes par de Sève. — Contes moraux, par M. Mercier. *Amsterdam et Paris, chez Merlin,* 1769, 2 part. en 1 vol. in-12, figures par Marillier, v. marb. ant. — Œuvres de Colardeau, de l'Académie française. *Paris, Ballard et Le Jay,* 1779, 2 vol. pet. in-8, portr. et figures par Monnet, v. porph. ant.— Almanach historique de la Révolution française pour l'année 1792, rédigé par M. J. P. Rabaut... *Paris, Onfroy (imp. de Didot l'aîné),* in-18, figures de Moreau, v. ant. — Dithyrambe sur l'immortalité de l'âme, suivi du Passage du Saint-Gothard, poème trad. de l'anglais, par J. Delille. *Paris, Giguet et Michaud,* 1802, gr. in-12, figure de Kauffmann, v. ant. — Les Aventures de Télémaque fils d'Ulysse, par Fénelon (Édition stéréotype). *Paris, P. Didot l'aîné, an VII,* 2 vol. in-12, portr. par Delvaux et figures par Lefebvre, v. rac. ant. (*mouillures*).— L'Aminte Pastorale du Tasse, imitée en vers français, par Baour de Lorméan. *Paris, Kloftermann, s. d.,* in-16, figures, demi-rel. dos et coins de mar. bl., tête dor. non rogn.

366 — LIVRES ARMORIÉS, 3 vol. rel.

Journal des Dames, par Mᵐᵉ de Maisonneuve (Juin 1768).

La Haye et Paris, 1768, in-12, mar. olive, dos et coins fleur-delysés, 3 fil., tr. dor. (*Rel. anc. aux armes de Louis XV*). — Almanach de Versailles, année 1787. *Versailles*, 1787, in-18, mar. rouge, dos orné, 3 fil., tr. dor. (*Rel. anc., aux armes de Louis XVI*). — Explication des ouvrages de Peinture, Sculpture, etc., exposés au Musée Royal des Arts (1817). *Paris*, 1817, in-12, mar. rouge à long grain, dos orné de fleurs de lys, dent. fleurdelysée, tr. dor. (*Rel. aux armes de Louis XVIII*).

367 — LIVRES ARMORIÉS, 3 vol. rel.

Lettres édifiantes et curieuses écrites des Missions étrangères, par quelques missionnaires de la Compagnie de Jésus. *Paris*, 1717, 2 part. en 1 vol. in-12, mar. rouge, dos orné, 3 fil., tr. dor. (*Rel. anc., aux armes de M*^{me} *Adélaïde, fille de Louis XV*). — Exercice de physique. — Exercice sur la méchanique. *Marseille*, 1782. Ens. 2 ouvrages en 1 vol. in-4, mar. rouge, dos orné, large dent. sur les pl., tr. dor. (*Rel. anc., aux armes de la ville de Marseille*). — Connaissance des Temps, etc., pour l'an 1825. *Paris*, 1822, in-8, mar. rouge à long grain, dos semé de fleurs de lys, dent. fleurdelysée, doublé et gardes de tabis, tr. dor. (*Rel. aux armes de la duchesse de Berry*).

368 — LIVRES ARMORIÉS, 7 vol. rel.

La Méduse bouclier de Pallas, ou défense pour la France contre un libelle intitulé : le Bouclier d'État, pour ce qui concerne le Portugal... (Composé par le chevalier de Jant). *Jouxte la copie imprimée à Lisbonne (vers 1667)*, in-12, front. gr. v., dos et coins fleurdelysés, fol., tr. dor. (*Rel. anc. avec gardes modernes, aux armes de Louis XIV*). — L'Héritière de Guyenne par Isaac de Larrey. *S. l. n. d. (Rotterdam, 1691)*, in-8, v. gr., dos orné, 3 fil., tr. r. (*Rel. anc., aux armes de la M*^{ise} *de Pompadour*). Manque le titre. — La Battaglia del Colle dell' Assietta, etc., di Giuseppe Bartoli. *Torino, s. d. (1747)*, in-4, vign. et cul-de-lampe, v. f., dos orné. 3 fil., tr. dor. (*Rel. anc., aux armes de Ch.-Emmanuel, duc de Savoie*). — Satires de Perse, traduites en françois, avec des remarques, par M. Sélis. *Paris*, 1776, in-8, v. marb., dos orné, 3 fil., tr. dor. (*Rel. anc., aux armes de Neufville-Villeroi-d'Aumont*). — Le Prieuré de Ruthinglenne, imité de l'anglais, par M. J. M. D. (J.-Mar. Deschamps). *Paris*, 1818, 3 vol. in-12, v. f., dos orné, dent. (*Rel. aux armes de la duchesse de Berry*).

369 — LIVRES DE PRIÈRES, 3 vol. rel.

L'Office de la Semaine sainte, en latin et en françois, à l'usage de Rome et de Paris, imprimé par ordre de Mme Marie-Adélaïde de France. *Paris*, 1753, in-12, mar. rouge, dos et coins fleurdelysés, 3 fil., tr. dor. (*Rel. anc., aux armes de Mme Adélaïde, fille de Louis XV*). — Le Petit paroissien complet, conténant l'Office des Dimanches et Fêtes. *Paris*, 1771, in-12, mar. rouge, dos orné, larg. dent., doublé et gardes de tabis, tr. dor. (*Rel. anc.*). — Petites étrennes spirituelles dédiées à Mme la Dauphine. *Paris*, 1787, in-32, mar. rouge, dos orné, large dent. sur les pl., tr. dor. (*Rel. anc.*).

370 — LONGUS. Daphnis et Chloé, ou les Pastorales de Longus, traduites du grec par J. Amyot. Nouvelle édition revue, corrigée et complétée. *Paris, Leclère*, 1863, pet. in-8, pap. vergé, fig., v. f. dos orné, fil., dent. int., tr. dor. (*R. Petit*).

Exemplaire auquel on a ajouté une réduction de 8 figures de *Prudhon* et *Gérard* tirées en bistre.

371 — MARTIAL (A.). L'ancien Paris, 300 eaux-fortes par A. Martial, publiées en 1843-1866, 3 vol. in-fol., demi-rel. dos et coins de mar. La Vall., tête dor. non rog., pl. mont. sur onglets (*R. Petit*).

372 — MENESTRIER (Cl.-François). Histoire du roy Louis le Grand, par les médailles, emblèmes, devises, jetons, inscriptions, armoiries et autres monuments publics. *Paris, Nolin, graveur du Roy*, 1689, in-fol. de 61 pl., veau brun (*Rel. anc.*).

Qq. piqûres de vers.

3?3 — MÉTHODE très facile pour convaincre toutes sortes d'hérétiques, mais principalement les modernes, par le Père Raphaël de Dieppe, prédicateur capucin. *Rouen*, *Le Boullenger*, 1640, 2 part. en 1 vol. in-4, mar. rouge, ornem. à petits fers et au pointillé, couvrant le dos et les pl., tr. dor. (*Rel. anc.*).

374 — MOLIÈRE. Œuvres, avec des remarques grammaticales, des avertissements et des observations sur chaque pièce par M. Bret. *A Paris, par la Compagnie des libraires associés*, 1773, 6 vol. in-8, fig., v. f., dos orné, 3 fil., tr. dor. (*Rel anc.*).

> 1 portrait d'après Mignard gravé par Cathelin ; 6 fleurons sur les titres, par Moreau, et 33 figures par Moreau, gravées par Baquoy, de Launay, Duclos, de Ghendt, Helman, Lebas, Legrand, Leveau, Masquelier, Née et Simonet.
> Manquent les pages 67 à 78 dans le supplément à la Vie de Molière.

375 — OFFICE (L') de la semaine sainte, à l'usage de la maison du roi, imprimé par exprès commandement de Sa Majesté. *Paris, J. Collombat*, 1727, in-8, mar. rouge, dos fleurdelysé, ornem. dor. couvrant les plats, gardes papier doré, tr. dor. (*Rel. anc.*).

> Exemplaire aux armes du Dauphin, fils de Louis XV.

376 — OFFICE de la semaine sainte en latin et en français, à l'usage de Rome et de Paris, dédié à la reine pour l'usage de sa maison. *Paris, Garnier*, 1728, in-3, titre gr. et fig. de Scotin, mar. rouge, ornem. à petits fers et au pointillé couvrant le dos et les pl., gardes de pap. doré, tr. dor. (*Rel. anc.*).

> Exemplaire aux armes de la reine Marie Leczinska.

377 — OFFICE de la semaine sainte en latin et en français à l'usage de Rome et de Paris, dédié à la reine pour l'usage de sa maison. *Paris, Garnier*, 1728, in-8, front. gr., vign. et fig. par Scotin, mar. rouge, ornem. dor. couvrant le dos et les pl., gardes de papier doré, tr. dor. (*Rel. anc.*).

    Exemplaire aux armes du cardinal de Fleury.

378 — OFFICE (L') de la Semaine sainte, à l'usage de Rome et de Paris, en latin et en françois... par M. l'Abbé de Bellegarde. *Paris, J. Collombat*, 1732, in-8 réglé, fig., mar. rouge, ornem. à petits fers et au pointillé couvrant le dos et les pl., tr. dor. (*Rel. anc.*).

    Exemplaire aux armes de Louis XV.
    L'exemplaire a été replacé dans sa reliure.

379 — OFFICE (L') de la Semaine Sainte, à l'usage de la maison du Roy, imprimé par exprès commandement de sa majesté. *Paris, J. Collombat*, 1743, in-8, titre et front. grav., mar. rouge, dos orné de fleurs de lys, fil. et dent. fleurdelysée, tr. dor. (*Rel. anc.*).

    Exemplaire aux armes du roi Louis XV.

380 — OFFICES. Règles et statuts de la vénérable confrérie de la Croix de nostre Sauveur. *Besançon, Nic. Couché, s. d.* (1656), pet. in-8, mar. olive, dos orné, 3 fil., tr. dor. (*Rel. anc.*).

    Exemplaire aux armes de Choiseul, archevêque de Besançon, prince du Saint-Empire.

381 — OVIDE. Les Métamorphoses d'Ovide gravées sur

les dessins *(sic)* des meilleurs peintres français, par les soins des S^rs le Mire et Basan. *Paris, Basan et Le Mire, s. d.* (1767), in-4, fig., veau porph., dos orné, 3 fil., tr. dor. (*Rel. anc.*).

> Recueil contenant 1 frontispice, **3** pages de dédicace, 140 figures par Boucher, Eisen, Gravelot, Leprince, Monnet, Moreau, etc., et 1 cul-de-lampe.

382 — PATAS. Sacre et couronnement de Louis XVI, roi de France et de Navarre, à Rheims, le 11 juin 1775 (par l'abbé Pichon)... Enrichi d'un très grand nombre de figures en taille-douce, gravées par le sieur Patas, avec leurs explications. *Paris, Vente et Patas*, 1775, in-8, veau marb., dos orné (*Rel. anc.*).

> 1 titre gravé, 1 frontispice, 14 vignettes, 48 figures, reproductions des grandes planches du *Sacre de Louis XV*.

383 — PLINII. C. Plinii Caec. Sec. Epist. libri IX. Eiusdem et Traiani imp. Epist. amœbæae. Eiusdem Pl. et Pacati, Mamertini, Nazarii, Panegyrici. Item Claudiani Panegyrici. Adiunctæ sunt, Isaaci Casauboni Notæ in epist. Variæ lectiones ultra præcedentes, in hac posteriori editione margini accesserunt. *S. L.*, 1604, in-16, mar. rouge foncé, ornem. à petits fers et au pointillé, couvrant le dos et les pl. (*Rel. anc. avec gardes nouvelles*).

> Exemplaire aux armes de Nicolas de Verdun, premier président au Parlement de Paris.
> Exemplaire rogné en tête et mouillures.

384 — POSTES DE FRANCE. État général des postes de France, pour l'année 1791. *Paris, Ph.-Denys*

Pierres, 1791, in-8º, mar. olive, dos orné, 3 fil., dent. int., gardes de moire rose, tr. dor. (*Rel. anc.*).

Exemplaire aux armes de Louis XVI.

385 — POSTES IMPÉRIALES. État général par ordre alphabétique des routes de poste de l'empire français, du royaume d'Italie, de la confédération du Rhin, etc., pour l'an 1813. *Paris, imprimerie impériale*, 1813, in-8º, mar. rouge à long grain, dos orné d'aigle et d'abeille, dent., tr. dor.

Exemplaire aux armes de l'empereur Napoléon Iᵉʳ.

386 — PRÉVOST (Abbé). Histoire de Manon Lescaut et du chevalier des Grieux. *Paris, P. Didot l'aîné, an V.* — 1797, 2 vol. in-18, fig., mar. gren. foncé, dos orné, fil., dent. int., tr. dor. (*R. Petit*).

Huit figures charmantes par Lefèvre, gravées par Coiny. Exemplaire avec témoins.

387 — PRÉVOST (Abbé). Histoire de Manon Lescaut et du chevalier des Grieux, précédée d'une Étude, par A. Houssaye, 6 eaux-fortes par Hédouin. *Paris, librairie des bibliophiles*, 1874, 2 vol. in-16, pap. de Holl., mar. grenat, dos orné, fil., dent. int., tr. dor. (*R. Petit*).

388 — QUERLON (Meunier de). Le Triomphe des Grâces, ou Elite en prose et en vers des meilleurs écrits anciens et modernes, qui ont été faits à la louange des Grâces, etc..., publié par M. de Querlon. *Paris*, 1775, in-8º, fig., veau marb., dos orné, 3 fil., tr. dor. (*Rel. anc.*).

Titre gravé par Moreau, 1769; Frontispice par Boucher,

gravé par Simonet, et cinq figures de Moreau, gravées par de Launay, de Longueil, Massard et Simonet.

389 — QUINAULT (Ph.). Thésée, tragédie lyrique en quatre actes. Représentée pour la première fois le 11 janvier 1675. Remise en musique par M. Gossec. *Paris, P. de Lormel*, 1782, in-4°, mar. rouge, dos orné, dent. fleurdelisée, tr. dor., gardes de soie rose, tr. dor. (*Rel. anc.*).

Exemplaire aux armes de Mme Adélaïde, fille de Louis XV.

390 — RECUEIL DES MEILLEURS CONTES EN VERS (par MM. de La Fontaine, Voltaire, Vergier, Sénecé, Perrault, etc.). *Londres (Paris, Cazin)*, 1778, 4 vol. in-18, fig., mar. rouge, dos orné, 3 fil., tr. dor. (*Rel. anc.*).

1 portrait de La Fontaine et 116 vignettes non signées (attribuées à *Duplessis-Bertaux*).
Reliure dépareillée.

391 — REGLAMENTO de la fundacion, y establecimiento del Monte de Piedad... *Madrid, D. Gabriel Ramirez*, 1761, pet. in-8, mar. rouge, dos orné, large dent. sur les pl., tr. dor. (*Rel. anc.*).

Exemplaire aux armes de Don Carlos, roi de Castille, de Léon, etc.

392 — RELIGION (La) vengée de l'incrédulité par l'incrédulité elle-même, par M. l'évêque du Puy. *Paris, Humblot*, 1772, in-12, mar. rouge, dos orné, 3 fil. avec coins dor., tr. dor. (*Rel. anc.*).

Exemplaire aux armes du roi Louis XV.

393 — RÉTIF DE LA BRETONNE. Le Paysan per-

verti, ou les dangers de la ville ; histoire récente mise au jour d'après les véritables lettres des personnages, par N. E. Rétif de la Bretonne. *A La Haie et se trouve à Paris, chez Esprit*, 1776, 8 parties en 4 vol. in-12, fig., demi-rel. chag. r. poli, tr. peign.

> 84 figures, y compris 8 frontispices par Binet, gravés par Berthet et Le Roy.

394 — RIGAUD (J.). Recueil choisi des plus belles vues des palais, châteaux et maisons royales de Paris et des environs, dessinées d'après nature et gravées par J. Rigaud. *Paris, Chereau et Basan, s. d.*, in-fol. de 129 planches, demi-rel. dos et coins de v. rac. ant.

395 — RICHER (A.). Les Vies des hommes illustres comparés les uns avec les autres. A commencer depuis la chute de l'Empire romain jusqu'à nos jours. *Paris, Prault*, 1756, 2 vol. in-12, v. f., dos orné, tr. r. (*Rel. anc.*).

> Exemplaires aux armes du duc de Grammont.

396 — ROUSSEAU (J.-J.). Suite de 1 portrait gravé par A. de Saint-Aubin d'après La Tour, et 37 figures par Moreau et Le Barbier, pour illustrer les œuvres. *Londres (Bruxelles)*, 1774-1783, in-4, cart. vél. bl., fil. dor., pl. mont. sur onglets.

397 — SAINT-PIERRE (B. de). Paul et Virginie, par Jacques-Bernardin-Henri de Saint-Pierre, avec figures. *Paris, de l'imprimerie de Monsieur*, 1789, in-18, mar. rouge, dos orné, dent., tr. dor. (*Rel. anc.*).

> 4 figures par Moreau et Joseph Vernet, gravées par Girardet, Halbon et de Longueil.
>
> Première édition de ce roman célèbre. Exemplaire sur papier écu fin d'Essone.

398 — SENAULT (L.). Heures nouvelles tirées de la sainte Écriture. Écrites et gravées par L. Senault. *Paris, chez l'auteur, s. d.* (vers 1740), in-8, fig., mar. olive, dos orné, large dent., milieux et coins dor., doublé de tabis, tr. dor. (*Rel. anc.*).

> Volume entièrement gravé, enrichi de nombreuses vignettes et lettres ornées. Au milieu des plats une grenade en mosaïque de mar. rouge, et, aux angles, tulipes également en mosaïque. Jolie reliure bien conservée.

399 — STATUTS DE L'ORDRE DU SAINT-ESPRIT (Les) estably par Henri IIIme du nom, Roy de France et de Pologne, au mois de décembre l'an M.D.LXXVIII. *Paris, Imprimerie royale,* 1724, in-4 réglé, titre gr., mar. rouge, dos semé de fleurs de lys, dent., coins ornés, gardes de papier doré, tr. dor. (*Rel. anc.*).

> Exemplaire aux armes de France, aux angles les insignes du Saint-Esprit.

400 — STERNE (L.). Voyage sentimental en France et en Italie, traduction nouvelle et notice de Em. Blémont, illustrations de Maurice Leloir, comprenant 220 dessins dans le texte et 12 grandes compositions hors texte. *Paris, H. Launette,* 1884, in-4, pap. vél., mar. La Vall. foncé, dos orné, fil. à fr., dent. int., tête dor., non rog., couv. (*R. Petit*).

401 — TABLEAUX historiques de l'Abbaye de Port-Royal des Champs. *S. l. n. d.,* pet. in-8, fig., v. br. ant.

> Volume de 19 feuillets y compris le titre, avec vignettes et texte gravés.

402 — THUNBERG (Dan.). Forsok at bygga under

vattn, anstaldte seid nya Skepps-Docke-Byggnaden
Ulti Carlscrona. Til Almanhetens tjenst uppa Trycket
utgisne af Johan Fellers. *Stockholm, Peter Hessel-
berg*, 1774, in-4°, mar. rouge, dos orné, ornem. de
fil. entrelacés sur les pl., tr. dor. (*Rel. anc.*).

> Exemplaire aux armes de Gustave III, roi de Suède.

403 — TURGOT (A.-R.-J.). Réflexions sur la formation
et la distribution des richesses. *S. l. n. d. novembre*
1766, in-12, mar. rouge, dos orné, 3 fil., tr. dor.
(*Rel. anc.*).

> Quelques notes marginales à l'encre.

404 — VOLTAIRE. La Pucelle d'Orléans, poème en
vingt et un chants. Édition ornée de figures gravées
par Duplessis-Berthault. *Londres*, 1780 (*Paris,
Leclerc*, 1865), 2 tomes en 1 vol. gr. in-8°, portr. et
fig., demi-rel., dos et coins, cuir de Russie, dos orné,
fil., tête dor., non rog.

> Exemplaire sur grand papier.

405 — YRIARTE (D. Tomas de). La Música, poema.
Madrid, Imprenta Real de la Gazeta, 1779, in-8°,
fig., mar. rouge, dos orné à petits fers, fil. et dent.
sur les pl., dent. int., tr. dor. (*Derome*).

> Six figures par G. Ferro, gravées par J. Ballester, Carmona
> et F. Sebna.
> Bel exemplaire dans une jolie et fraîche reliure de Derome
> avec son étiquette.

406 — Sous ce numéro on vendra un certain nombre
d'ouvrages non catalogués.

RED. :

15

379.89.70
graphicom

0 1 2 3 4 5 6 7 8 9 10

BIBLIOTHEQUE NATIONALE DE FRANCE

****

CHATEAU DE SABLE

1996